SOIRÉE HISTORIQUE

DE LA

COMÉDIE-FRANÇAISE

Paris. — Imp. Simon Raçon & C'°, rue d'Erfurth, 1

SOIRÉE HISTORIQUE

DE LA

COMÉDIE FRANÇAISE

(22 OCTOBRE 1852.)

REPRESENTATION SOLENNELLE

EN PRÉSENCE DE

S. A. I. LOUIS-NAPOLÉON

CINNA, tragédie de PIERRE CORNEILLE.

—

L'EMPIRE C'EST LA PAIX, ode de M. ARSÈNE HOUSSAYE,
dite par mademoiselle RACHEL.

—

IL NE FAUT JURER DE RIEN,
comédie de M. ALFRED DE MUSSET.

PARIS

ÉDITÉ PAR EUGÈNE DIDIER,

rue des Beaux-Arts.

—

MDCCCLII

SOIRÉE HISTORIQUE

DE LA

COMÉDIE-FRANÇAISE

(22 OCTOBRE 1852)

INTRODUCTION

La représentation solennelle donnée par la Comédie-Française à S. A. I. le prince Louis-Napoléon Bonaparte, au retour de son voyage dans le midi de la France, est devenue une page d'histoire. Il faudrait remonter au siècle de Louis XIV, aux fameuses représentations de Chambord et de Versailles, quand

Moliére lui-même était l'âme de la Comédie, pour retrouver tout l'éclat d'une pareille représentation. Noblesse oblige. La comédie est toujours la fille de Moliére. Elle a fêté Napoléon comme elle avait fêté Louis XIV ; ça été pour le chef de l'État un autre arc de triomphe soutenu d'un côté par Corneille, de l'autre par Moliére, avec mademoiselle Rachel pour saluer le Prince par des vers inspirés de lui-même. L'admirable discours de Bordeaux était dans tous les esprits, dans tous les cœurs, dans toutes les espérances. Le poëte a eu le bonheur d'en rappeler le noble sentiment dans ses strophes. Aussi, quand le Prince l'a complimenté de ses beaux vers, a-t-il eu raison de remercier lui-même le Prince : — Monseigneur, c'est à moi de vous remercier, puisque c'est en vous traduisant que j'ai été applaudi. »

Cette belle représentation a été racontée et commentée par tous les journaux ; le récit n'en est plus à faire, puisqu'il se trouve partout en premier-Paris et en feuilletons.

Nous nous bornons donc à reproduire çà et là les pages déjà publiées, tout en les annotant et tout en rectifiant les erreurs commises.

Dans cent ans, tous les curieux littéraires qui aiment l'art dans l'histoire, seront heureux de retrouver les détails de cette fête, les noms des acteurs qui y figuraient et les noms des spectateurs qui y ont applaudi.

Ne sera-t-il pas curieux aussi d'étudier comment écrivait au jour le jour la critique de 1852?

Nous avons jugé qu'il y avait dans tout ceci la matière d'une édition elzévirienne qui sera très-recherchée, nous n'en doutons pas. par les bibliophiles.

L'ÉDITEUR.

En 1668, Molière donna *George Dandin*, avec les intermèdes, à Versailles : voici la première page du récit de cette fête :

« Le roi ayant accordé la paix aux instances de ses alliés, et aux vœux de toute l'Europe, et donné des marques d'une modération et d'une bonté sans exemple, même dans le plus fort de ses conquêtes, ne pensait plus qu'à s'appliquer aux affaires de son royaume, lorsque, pour réparer en quelque sorte ce que la cour avait perdu dans le carnaval pendant son absence, il résolut de faire une fête dans les jardins de Versailles, où, parmi les plaisirs que l'on trouve dans un séjour si délicieux, l'esprit fût encore touché de ces beautés surprenantes et extraordinaires, dont ce grand prince sait si bien assaisonner tous ses divertissements.

« Pour cet effet, voulant donner la comédie ensuite d'une collation, et, après la comédie, le souper, qui fût suivi d'un bal et d'un feu d'artifice, il jeta les yeux sur les personnes qu'il jugea le plus capables pour disposer toutes les choses propres à cela. Il leur marqua lui-même les endroits où la disposition du lieu pouvait, par sa beauté naturelle, contribuer davantage à leur décoration; et, parce que l'un des plus beaux ornements de cette maison est la quantité des eaux que l'art y a conduites malgré la nature, qui les lui avait refusées, Sa Majesté leur ordonna de s'en servir le plus qu'ils pourraient à l'embellissement de ces lieux; et même leur ouvrit les moyens de les employer, et d'en tirer les effets qu'elles peuvent faire.

« Pour l'exécution de cette fête, le duc de Créquy, comme premier gentilhomme de la chambre, fut chargé de ce qui regardait la comédie. »

Molière joua George Dandin. Voici d'ailleurs la liste des personnes qui ont représenté, chanté et dansé dans les intermèdes de *George Dandin* :

George Dandin, le sieur Molière ; Bergers dansants,

déguisés en valets de fête, les sieurs Beauchamp,
Saint-André, la Pierre, Favier ; Bergers jouant de la
flûte, les sieurs Descôteaux, Philbert, Jean et Martin
Hotteterre ; Climène, Mlle Hilaire ; Chloris, Mlle des
Fronteaux ; Tircis, le sieur Blondel ; Philène, le sieur
Gaye ; une Bergère, Mlle *** ; Bateliers dansants, les
sieurs Beauchamp, Jouan, Chicanneau, Favier, No-
blet, Mayeu ; un paysan, ami de George Dandin, le
sieur Rye ; Bergers dansants, les sieurs Chicanneau,
Saint-André, la Pierre, Favier ; Bergères dansantes,
les sieurs Bonard, Arnald, Noblet, Foignard ; satyre
chantant, le sieur Estival ; suivant de Bacchus, dan-
sant, le sieur Gingan ; suivants de Bacchus, chan-
tants, les sieurs Beauchamp, Dolivet, Chicanneau,
Mayeu ; Bacchantes, dansantes, le sieur Paysan,
Manceau, le Roi, Pesan ; un Berger, le sieur le Gros. »

LES TRADITIONS

La Comédie-Française, la plus noble et la plus sérieuse de toutes nos institutions dramatiques, a toujours été hautement protégée par nos souverains comme par son génie. Son origine est royale, puisqu'elle doit son existence à Louis XIV*; et, dès le principe de son établissement, la Comédie-Française avait le privilége des représenta-

* Et à Molière, un autre roi.

E. D.

tions solennelles en présence du roi. Ouvrez la Vie de Molière, à chaque pas vous trouverez le père de la comédie en contact avec Louis XIV, qui assistait ordinairement aux premières représentations des œuvres de son immortel protégé.

Mais, à cette époque, les représentations solennelles avaient lieu à la cour, et c'est de Chambord, de Fontainebleau et de Versailles, que Molière a daté ses plus grands succès.

Ces grandes traditions se sont continuées sous la Régence, sous Louis XV et sous Louis XVI, dans les appartements des Tuileries et du petit Trianon. Toujours et partout la Comédie-Française a occupé le rang du premier théâtre du monde, rang qu'elle tient à honneur de conserver aujourd'hui.

La République n'a pas oublié la Comédie-Française; mais elle n'a pensé à cette grande institution que pour la supprimer, en disperser les membres et les persécuter. Heureusement, l'empereur Napoléon, qui devait relever tant de ruines, a rendu au noble théâtre toute sa splendeur. Il l'a richement doté et il l'a adopté.

C'est de l'empereur Napoléon que datent d'une manière régulière les représentations officielles au Théâtre-Français. Mais cela n'empêchait pas le Théâtre-Français de suivre l'empereur dans ses principales résidences, à Saint-Cloud, à Fontainebleau, à Trianon, à Compiègne, à la Malmaison, et de l'accompagner même à travers l'Europe, témoin le voyage de Dresde, où, suivant la grande expression devenue traditionnelle, la Comédie-Française a joué en présence d'un parterre de rois.

A Paris, l'Empereur venait fréquemment seul ou entouré de tous les grands dignitaires, et l'on peut affirmer, sans crainte de manquer à l'histoire, que tout le grand répertoire de l'époque a passé sous les yeux de Napoléon.

En général, les soirées que le maître du monde honorait de sa présence étaient toujours de grandes solennités. C'est ainsi, pour en citer une prise au hasard au milieu de très-grand nombre, que, le 19 février 1810, l'Empereur venait voir le *Mariage de Figaro,* dont la distribution, ce jour-là, était de premier ordre. Fleury jouait le comte Almaviva ; Thénard, Figaro ; Devigny, Bartholo ; Baptiste cadet, Brid'oison : madame Talma, la comtesse ; mademoiselle Mars, Suzanne ; madame Thénard, Marceline ; mademoiselle Volnais, alors fort jeune, Fanchette.

Sous le dernier règne, Louis-Philippe avait dû renoncer à venir lui-même au Théâtre-Français. Mais on n'a pas oublié à l'inauguration du Musée de Versailles la magnifique représentation du *Misanthrope* qui y eut lieu.

Aujourd'hui, les grandes traditions sont renouées.

La présence de Son Altesse Impériale à notre premier théâtre a été comme un acte sympathique en faveur des arts et des let-

tres, ajouté à toutes les promesses faites à
l'industrie, au commerce, à l'agriculture, à
tous les intérêts moraux et matériels enfin,
dans ce célèbre discours de Bordeaux, qui a
eu un retentissement européen.

ÉMILE LAUGIER,
archiviste de la Comédie-Française.

L'EMPIRE, C'EST LA PAIX.

— — · — ·—

I

Je suis la Muse de l'histoire,
Mon livre est de marbre ou d'airain ;
Quand vient l'heure de la victoire,
Je prends mon stylet souverain.

Phidias, l'autre Prométhée,
Qui des hommes a fait des dieux,
En son Parthénon m'a sculptée
Pieds sur terre et front dans les cieux.

Un cycle rayonnant commence :
Le vieux monde s'est réveillé ;
Déjà, dans l'horizon immense,
L'étoile d'or a scintillé.

II

L'Empire, c'est la paix ! la paix sera féconde;
Quand Dieu veut que du Nil les flots soient assoupis,
Où le Nil débordait jaillissent les épis :
L'Empire a débordé pour féconder le monde !

Continuant cette œuvre, il pourra la signer,
L'héritier du grand nom qui domine la terre ;
L'Empereur a légué la gloire et non la guerre :
Triompher dans la paix, aujourd'hui c'est régner.

Grande ruche en travail par les beaux-arts charmée,
Paris, une autre Athène ! Alger, une autre Tyr !
Des landes à peupler, des villes à bâtir,
Voilà les bulletins de notre Grande Armée !

Sous le même drapeau, vainqueur des factions,
Ramener les enfants de la mère patrie;
Consoler tes douleurs, ô Niobé meurtrie,
Et convier le peuple aux grandes actions.

Saluons, saluons la fête universelle
Que promet le travail et que bénira Dieu :
La vapeur entr'ouvrant ses cent ailes de feu,
Et les sillons où l'or de nos gerbes ruisselle !

III

L'aigle a repris son vol et plane sur nos champs.
Sous un ciel radieux la France enfin respire,
Et rêve en souriant un immortel empire
Qu'un peuple enthousiaste acclame de ses chants.

Refaisons des tableaux dignes de la Genèse ;
Que tout renaisse et vive, et que de toute part
Les plus déshérités puissent prendre leur part
A ces amples festins que peignait Véronèse.

Les Muses, qu'effrayaient tant de cris inhumains,
Vers les cieux en pleurant remontaient désolées :
Muses, revenez-nous, calmes et consolées,
Sous les arcs de triomphe élevés par nos mains.

Que l'art, les monuments, les tableaux, les statues,
Prince, disent tout haut quels jours tu nous as faits,
Et comment, sous l'éclat de tes hardis bienfaits,
Les sourdes passions devant toi se sont tues.

O prince, l'avenir qu'hier tu fécondas
Nous promet les splendeurs des âges magnifiques ;
Et, pour suivre avec toi les aigles pacifiques,
Les Français, tu l'as dit, seront tous tes soldats.

5

IV

Je suis la Muse prophétique,
Le passé me dit l'avenir ;
Toujours jeune et toujours antique,
Le monde ne doit pas finir.

La jeune France martiale,
Qui va guidant l'humanité,
Avec l'idée impériale
Rentre enfin dans sa majesté.

Bientôt s'accomplira le rêve
Qu'avait formé Napoléon :
Le Louvre, qui par toi s'achève,
Prince, sera ton Panthéon.

ARSÈNE HOUSSAYE.

LE MONITEUR*

Ce soir vendredi, S. A. I. le prince Louis-Napoléon a honoré de sa présence le specta-cle du Théâtre-Français, qui a voulu rece-voir dignement le chef de l'État.

Longtemps avant l'heure du spectacle, une foule immense remplissait les abords du Théâtre-Français, et toutes les fenêtres des maisons voisines étaient occupées par des

* Pour bien raconter cette soirée, pour bien peindre tous ces divers tableaux d'une grande fête qui était une fête pour tout le monde, nous avons jugé qu'il fallait tout simplement reproduire les récits des jour-naux, à commencer par le *Moniteur*.

E. D.

personnes qui attendaient le prince pour le saluer à son passage.

L'extérieur du théâtre, brillamment illuminé, était orné d'aigles, du chiffre N surmonté de couronnes impériales, et d'un triple cordon de gaz. A l'intérieur, des trophées, des aigles, des drapeaux, des fleurs à profusion.

Le foyer, comme la salle, était orné de fleurs. Un faisceau de drapeaux tricolores entourait le buste de Louis-Napoléon.

L'arrivée du prince a été annoncée par les cris répétés de *Vive l'Empereur!* qui éclataient au dehors. Son Altesse a été reçue par le directeur du Théâtre-Français, M. Arsène Houssaye; elle est entrée dans sa loge par les appartements du Palais-Royal, au bruit des acclamations enthousiastes du public d'élite qui remplissait la salle.

Les femmes, qui garnissaient toutes les loges, se faisaient remarquer par la toilette la plus élégante; elles portaient toutes des bouquets de violettes.

Pendant la représentation de *Cinna*, le public a saisi avec ardeur les allusions et les a couvertes, à plusieurs reprises, de longs et unanimes applaudissements.

Après la tragédie, mademoiselle Rachel, entourée de tous les artistes de la Comédie-Française, est venue lire des vers de M. Arsène Houssaye, interrompus à chaque instant par les applaudissements de toute la salle.

L'illustre tragédienne, en lisant les vers adressés au prince, a été l'interprète éloquent et inspiré des sentiments exprimés par le poëte, et dont tous les cœurs étaient pénétrés.

Un peu avant la fin de la représentation, le prince a quitté la salle et est remonté dans sa voiture pour retourner à Saint-Cloud, au milieu des mêmes acclamations qui l'avaient accueilli à son arrivée, et accompagné sur son passage par les cris de *Vive l'Empereur !*

LA PATRIE

Au retour d'un voyage triomphal, qui n'a été qu'une longue acclamation, et que la journée du 16 a si magnifiquement couronnée, Son Altesse impériale nous est revenue ; sous son haut patronage, la saison des plaisirs intellectuels s'ouvre brillante. Le Prince, on le sait, a toujours aimé et protégé l'art dramatique, j'entends ce grand art qui élève les âmes et éclaire l'intelligence en parlant la belle langue des maîtres.

Deux théâtres, les deux premiers du monde, l'Opéra et la Comédie-Française, se disputaient l'honneur de recevoir d'abord Son Altesse impériale. C'est par la maison de Corneille et de Molière qu'elle a commencé. Jamais non plus, au milieu de l'ivresse de ses triomphes, l'empereur n'oubliait sa Comédie-Française, et, soit qu'elle le suivit sur les champs de bataille, soit qu'il vint la visiter à Paris, ce fut toujours son spectacle de prédilection. Talma, mademoiselle Mars, mademoiselle Georges, et d'autres artistes d'un renom moins éclatant, quoique de grand mérite, justifiaient cette prédilection.

L'Empire, alors, c'était la guerre, mais une guerre nécessaire, destinée à assurer dans l'avenir le repos du monde. L'œuvre impériale, laissée inachevée par le sort des batailles, est reprise : le digne héritier de l'empereur la continue, et aujourd'hui l'Empire, c'est la paix.

De 1800 à 1815, les sciences, les arts et

la littérature ont jeté de vives lueurs à travers l'épaisse fumée des combats, et le siècle qui s'ouvrait par Cuvier, David et Cha-
teaubriand, sous l'épée réparatrice de Napoléon, devait, certes, être compté pour un
grand siècle dans l'histoire du génie hu-
main. Il le sera.

Le poëte, l'artiste et le savant accompli-
ront des travaux illustres, après tant d'illustres travaux accomplis déjà. L'art marchera
plus fort et plus libre en son rajeunisse-
ment, et il devra d'avoir repris cette marche
ascensionnelle au Prince, qui comprend si
bien tous les hardis progrès.

Je n'en veux pour preuve que la représentation d'hier : ce n'était qu'une fête littéraire ; l'enthousiasme en a, à l'improviste,
fait une fête politique.

Dès six heures du soir, une foule compacte
garnissait les abords du Théâtre-Français,
tandis que les loges et les stalles se garnissaient de l'élite de la société parisienne. L'é-
pée, la toge, la plume, toutes les gloires et

tous les mérites étaient là représentés, et toutes les aristocratiques beautés aussi.

Rien de magique comme le coup d'œil qu'a bientôt offert la salle de la Comédie-Française. Extérieurement la foule admirait la plus splendide des illuminations. A l'intérieur, l'éclairage n'était pas moins brillant, et la décoration générale du théâtre m'a semblé aussi riche que de bon goût. Une draperie de velours cramoisi semée d'abeilles, et rattachée au centre par un aigle doré décorait la loge de Son Altesse impériale.

Partout le chiffre du Prince, partout les armes de l'Empire, partout des trophées, des fleurs, d'élégantes tentures et des gerbes de feu. Sur ce fond lumineux, les ravissantes toilettes des dames se détachaient admirablement. Ces toilettes si variées offraient cependant un point d'uniformité significatif : à tous les seins, sur tous les fronts, on voyait de véritables buissons de violettes au feuillage d'or et d'argent. Les hommes, tous en

4

habits de bal, portaient la même fleur à la boutonnière.

A huit heures, *Cinna* a commencé ; un quart d'heure plus tard, pendant le second acte de cette œuvre magistrale, un frémissement indescriptible a couru de l'orchestre aux loges et a monté jusqu'aux cintres. Un moment, Auguste lui-même s'est tu et a oublié les intérêts de Rome pour écouter les acclamations qui saluaient l'arrivée de cet autre Auguste.

Ce n'était pas que Son Altesse fût déjà entrée dans sa loge ; non. Mais les cris de : Vive l'empereur, étaient tellement formidables au dehors, qu'ils ébranlaient la salle même du Théâtre-Français. Tout à coup, la porte de la loge impériale s'est ouverte, le Prince a paru. Tout le monde s'est levé, les applaudissements ont éclaté de toutes parts, les cris enthousiastes de : Vive l'empereur ! ont retenti, cela a duré près d'un quart d'heure, et, un moment, on a pu croire que la soirée se passerait en acclamations.

C'était un spectacle grandiose, tout ce
monde debout, à l'aspect d'un prince sau-
veur de cette même patrie qui l'avait exilé
à l'heure des révolutions mauvaises ou des
inféconcles restaurations. Les dames agi-
taient leurs mouchoirs et leurs bouquets ;
mille têtes charmantes faisaient frémir la
violette dont elles étaient couronnées ; les
hommes battaient des mains, et répétaient :
Vive l'Empereur ! ce nouveau cri de rallie-
ment de la France.

La parole austère de Corneille remue profondément l'âme et soulève la pensée, s'il
est permis de s'exprimer ainsi. On dirait
chaque vers taillé dans le marbre. Quel grand
et fier langage ! quel haute raison sous cette
mâle poésie !

Cinna est une pièce politique, et à ce ti-
tre passe aux yeux du vulgaire pour une
froide tragédie. Ce n'est pas mon avis. Comme
pièce politique, *Cinna* est sans contredit
le chef-d'œuvre du genre ; et comme œuvre
tragique où s'agitent d'humaines passions,

ce n'en est pas moins un ouvrage palpitant
de vie, de chaleur et de vérité.

Mademoiselle Rachel avait déjà imprimé
le cachet de son génie austère au rôle d'É-
milie. On peut dire avec le poëte que, dans
ce rôle, elle s'était réellement fait « des
vertus dignes d'une Romaine. » Il semblait
que la perfection ne pût aller au delà. Eh
bien ! hier, sans doute, inspirée par la solennité de la circonstance, mademoiselle Rachel nous a montré une Émilie que nous sa-
vions belle, mais qui ne s'était pas encore
révélée grande à ce point.

Sous les traits de mademoiselle Rachel,
ce geste sobre et puissant, avec cet organe
viril, cette fierté d'un cœur qui se sent
hors du pouvoir d'Auguste, ce mépris qui
plisse ses lèvres lorsqu'elle jette ces mots dé-
daigneux à Maxime :

..... Tu m'oses aimer, et tu n'oses mourir !

ainsi représentée, Émilie est de la taille

des héros qui l'entourent. Elle est digne du ressentiment que sa colère filiale a fait monter au cœur de Cinna, et surtout — là éclate la puissance de composition de mademoiselle Rachel — elle est digne de la clémence d'Auguste. Mademoiselle Rachel, rappelée par la salle entière, est venue, en compagnie de M. Beauvallet, recevoir l'ovation qu'elle méritait et que son partenaire méritait de partager avec elle. Cette soirée a été pour elle une de celles qui non-seulement la maintiennent à toute la hauteur de sa réputation, mais encore marquent un progrès dans sa lumineuse carrière et ajoutent à sa force et à sa puissance d'artiste.

M. Beauvallet était ce soir-là dans les mêmes dispositions que mademoiselle Rachel, c'est-à-dire en grand progrès pour le rôle d'Auguste, comme l'éminente tragédienne pour celui d'Émilie. M. Beauvallet, au milieu des qualités les plus saillantes, en possède une qu'il change parfois en défaut en l'exagérant. Je veux parler de sa nature fou-

gueuse, de ses emportements tumultueux.
Certes, ce sont là des dons précieux, mais
dans le rôle magnifiquement calme d'Auguste, il convient de ne pas trop user de ces
dons.

Je suis maître de moi comme de l'univers.

dit Auguste ; ce vers est la clef du rôle. M.
Beauvallet le sait aussi bien que moi. Seulement jusqu'ici il m'avait semblé que sa
nature l'emportait sur son raisonnement.
Hier, M. Beauvallet, comme Auguste, a
voulu être maître de lui-même, il l'a été.
C'est une belle victoire qui ne sera pas la
dernière. Joué de cette façon sobre et conte-
nue, le rôle d'Auguste apparaît bien tel que
l'a conçu le génie de Corneille. A la bonne
heure ! Il y a longtemps que Corneille et
M. Beauvallet sont faits pour s'entendre.

Cependant la toile s'est baissée, et à
peine les derniers applaudissements prodi-
gués à Corneille, à mademoiselle Rachel et

à M. Beauvallet se sont-ils tus, que l'orchestre de la Comédie-Française, un orchestre
dont on ne rit plus aujourd'hui, fait entendre l'air favori de la reine Hortense : *Partant pour la Syrie*.

Ne trouvez-vous pas que certains airs ont
la puissance d'évoquer tout un monde? Celui de la reine Hortense me cause toujours
un profond attendrissement. Il y a dans cette
douce et suave mélodie que je trouve simplement un chef d'œuvre musical, comme
un écho des temps chevaleresques de la re-
naissance mêlé au ressouvenir des années
glorieuses de l'Empire.

En l'écoutant, nous, les fils de 1820, nous
croyons avoir vécu à cette belle époque re-
nouvelée aujourd'hui. Sans doute, c'est que
nos mères nous ont bercés avec l'air de la
reine Hortense, un air qui porte bonheur
comme les paroles d'une bonne fée ; et, quant
à moi, je crois fermement qu'on se souvient
de son berceau.

La toile s'est relevée, et alors on a ap-

plaudi le plus ravissant spectacle qui se
puisse imaginer. La Comédie était là en habits d'apparat et placée sur plusieurs rangs.
Le premier était composé par les dames. Il
n'y a qu'à la Comédie-Française où l'on
puisse trouver une telle réunion de femmes
jeunes et jolies.

Quelle diversité de types! quel éclat dans
ces yeux émerillonnés, dans ces tailles svel-
tes ou opulentes! Les toilettes de ces dames
étaient éblouissantes comme leur figure, et
la Muse de l'histoire, mademoiselle Rachel,
placée au centre de ce demi-cercle mytholo-
gique à force de beauté, était bien la digne
reine de cet olympe.

Mademoiselle Rachel, mise sévèrement,
mais avec un goût parfait, a salué le Prince,
et, déployant un manuscrit dont les feuillets
étaient reliés par des faveurs vertes, elle a
récité de sa voix imposante et métallique les
strophes de M. Arsène Houssaye.

Je commence par déclarer que, dits par
mademoiselle Rachel, les vers les plus mé-

diocres paraîtraient superbes. Je me suis
donc défendu de toute surprise, et, après
avoir entendu sous le charme et applaudi
comme tout le monde, j'ai lu les strophes
de M. Arsène Houssaye avec calme, en écar-
tant jusqu'au souvenir de leur grande interprète. Ces strophes sont belles, quelques-
unes même très-belles. Elles paraphrasent
avec bonheur le discours de Son Altesse impériale, ce discours fameux que la France
aujourd'hui sait par cœur. Il n'était pas
facile de toucher à cette pensée féconde ren-
due déjà en langage si ferme et si éloquent.

A côté de l'œuvre de conquérant et de
législateur de l'Empereur, il y a son œuvre
écrite, sublime comme celle de César. A côté
de l'œuvre de dévouement et de régénération
si glorieusement entreprise par le Prince
Louis-Napoléon, il y aura aussi, il y a déjà
son œuvre d'écrivain.

Remarquez-le, tous les guerriers et les
hommes d'État qui ont marqué dans les fastes de l'humanité, ont été de grands écri-

5

vains de naissance, et cette gloire eût suffi à
les immortaliser, si Dieu ne les avait appe-
lés à en mériter une autre.

Vous dépeindre l'effet produit par ces strophes, qui venaient si heureusement redire
en vers ce que Son Altesse impériale avait si
bien et si noblement dit en prose de Tacite,
serait impossible. A chaque mot le public
battait des mains, se levait, criait : Vive
l'empereur !

Son Altesse impériale était visiblement
émue et satisfaite ; et elle a prié M. Arsène
Houssaye d'aller de sa part féliciter mademoiselle Rachel dans sa loge. Mademoiselle
Rachel avait mérité cet honneur ; et, pour
son propre compte, le poëte surtout lui devait d'avoir paru sublime quand il n'était
qu'heureux.

En résumé, succès partagé, beaux vers d'un
côté, beau talent d'interprétation de l'autre :
la soirée a été magnifique pour tous.

La soirée d'hier est une soirée acquise à
l'histoire ; de même que dans toutes les vil-

les de France qu'elle vient de parcourir, Son
Altesse est entrée empereur dans la salle de
la Comédie-Française, et elle en est sortie
empereur.

JULES DE PREMARAY.

L'INDÉPENDANCE BELGE

Paris, 23 octobre.

Le Théâtre-Français a pu devancer le grand Opéra, empêché par les retards de sa reprise de *Moïse*, dans la composition d'un spectacle à offrir à Louis-Napoléon à son retour du voyage... ou plutôt de sa campagne impériale. Car, ainsi que l'a dit M. Arsène Houssaye dans ses vers : « Le cycle rayonnant commence. » Et ce voyage, entrepris par un président, a été terminé par un empereur.

Dès cinq heures du soir, les abords du Théâtre-Français commençaient à être suffisamment envahis de curieux, de passants et de flâneurs, pour que la police dût veiller à la circulation. A la chute du jour, l'extérieur du théâtre fut illuminé. Un triple cordon de gaz profilait les balcons et corniches; des ifs et des étoiles marquaient chaque colonne du portique inférieur, et dans le haut se dessinaient, au centre, une aigle gigantesque, latéralement accompagnée de deux N couronnées dans des branches de laurier. La vive lumière que projetait cette illumination tout au gaz, s'étendait au loin dans le quartier.

Le péristyle, d'une si belle et d'une si sévère architecture, au centre duquel s'élève l'admirable statue de Voltaire par Houdon, avait été garni à profusion de fleurs, et avivé par un grand nombre de faisceaux de drapeaux tricolores, mille fois reflétés par les glaces qui recouvrent tout le cintre. Des tapis pourpre recevaient les spectateurs au bas des

escaliers principaux, et les accompagnaient
partout jusqu'au grand foyer, orné d'un superbe tapis de la Savonnerie.

Des fleurs formaient la haie, dans les escaliers, dans les couloirs. Le foyer avait com-
plétement changé d'aspect. Sur sa noble
mais simple décoration blanche et or, res-
sortaient partout des fleurs, ces vives couleurs
de la nature, et des tableaux, ces ingénieuses
couleurs de l'art. On sait que le salon et la
longue galerie qui forment le foyer public
de la Comédie-Française sont ornés de bustes
en marbre, pour la plupart d'une remarqua-
ble exécution (ceux de Caffieri sont des chefs-
d'œuvre!) et représentant la longue série des
auteurs célèbres qui forment le répertoire de
cette Académie tragique et comique qu'on
nomme le Théâtre-Français. Ces bustes commencent à Molière et Corneille, pour finir à
Picard et Casimir Delavigne. Posés sur leurs
gaines blanches comme des Hermès, ils ne
tranchent que par les lignes sur le calme ensemble de cette décoration lactée. C'est juste

au-dessus de chacun d'eux qu'on vient
d'inaugurer les tableaux, les portraits représentant les acteurs célèbres, en une chaîne
nouvelle ajoutée à celle des auteurs illustres.
Ainsi l'artiste qui a interprété le poëte est
lié avec lui dans ces hommages que la pos-
térité doit à toutes les gloires de l'intelligence. L'idée est excellente, et elle devra
grandement plaire à messieurs les sociétaires
actuels de la Comédie, puisqu'elle promet
aux plus remarquables d'entre eux une consécration publique, qui confondra toutes les
illustrations théâtrales dans cet intéressant
musée spécial.

On disait au foyer que le Directeur de la
Comédie, reconnaissant le bon effet de cet
ornement d'un soir, allait faire construire
d'élégantes jardinières et des caisses dans
le goût de la décoration générale, pour orner
de plantes verdoyantes l'aspect un peu mat
de ce foyer, déjà si bien rehaussé par les
peintures de Muller, de Faustin Besson, de
Geoffroy, excellent artiste lui-même en ce

théâtre, et peintre distingué, — de madame — O' Connell, et de quelques autres artistes éminents.

La salle déjà si riche du Théâtre-Français, avait reçu un grand nombre d'ornements d'apparat. L'éclairage avait été doublé par des girandoles, et partout s'étageaient des écus portant le chiffre de Louis-Napoléon sur un faisceau de drapeaux. L'aigle couronnée alternait avec ces chiffres, et se reproduisait sur trois grandes bannières vertes, ornant le manteau d'arlequin... qui, comme pour justifier son nom, a, durant ce siècle, porté toutes les couleurs !

La loge, pour quelques jours encore simplement présidentielle, avait reçu un lambrequin de velours cramoisi, au milieu duquel une aigle planait sur un fond d'abeilles d'or. Des couronnes à la forme impériale, et œuvrées en violettes naturelles, coiffaient partout le chiffre du prince. Dès sept heures et demie la salle était envahie par le monde officiel, et par le public d'élite sur lequel s'é-

tait trop tôt pour les nombreux postulants,
fermé le bureau de location, impuissant à
satisfaire le quart des demandes frappant
à toutes portes l'or à la main !

Voici, lorsqu'on leva la toile sur *Cinna*,
quel était l'aspect d'ensemble de cette salle
éclairée jusqu'à l'aveuglement, et dont l'at-
mosphère se chargea peu à peu d'un si grand
parfum de violette, que c'était, sur certains
points, à en contracter le mal de tête; la
galanterie administrative étant allée jusqu'à
offrir un bouquet à chaque dame qui entrait
dans sa loge. Au centre de la galerie, la
grande loge de six places, exceptionnellement
décorée de drapeaux, avait été réservée à la
princesse Mathilde, qui l'occupa avec son père,
le maréchal Jérôme, et madame Bineau,
femme du ministre des finances. A droite et
à gauche de cette loge on voyait tous les
ministres et les principaux grands fonctionnaires : M. Fould, ministre d'État; M. de
Persigny, ministre de l'intérieur; M. de
Maupas, ministre de la police; M. Fortoul,

ministre de l'instruction publique; M. Magne, ministre des travaux publics; M. Abatucci, ministre de la justice; M. le général Saint-Arnaud, ministre de la guerre, et M. Drouyn de Lhuys, ministre des affaires étrangères, se trouvaient dans la loge du prince-président avec les aides de camp.

Leurs loges confondues parmi celles des ministres, on voyait M. Baroche, vice-président du conseil d'État; M. Billault, président du Corps législatif; le général Magnan, commandant en chef de l'armée de Paris; le général de Lavœstine, commandant supérieur des gardes nationales, et autres fonctionnaires. Dans les loges des ministres, on apercevait les directeurs et secrétaires généraux des ministères : M. Latour du Moulin, directeur général de la librairie et de l'imprimerie; M. Blanche, secrétaire général du ministère d'État; M. Henri Chevreau, secrétaire général de l'intérieur; M. Théophile de Montour, chef du cabinet du ministre. M. de Morny occupait sa baignoire favorite. Le di-

recteur général des beaux-arts avait fait de sa
loge un centre d'hospitalité à toutes les illustrations errantes des lettres et des arts, — côte
à côte avec le baron James de Rothschild,
qui recevait dans la sienne tous les millions
égarés dans les couloirs faute de place ! Une
foule de sénateurs et d'étrangers de distinction complétaient le solennel ensemble, dont
le corps diplomatique était absent, au moins
quant aux chefs de missions. Et partout des
femmes en grande toilette comme pour un
bal. Notons, toutefois, que les loges minis-
térielles étaient plus particulièrement enva-
hies par les habits noirs.

Le prince-président est arrivé à huit heures et demie, pendant le second acte de
Cinna. Il a été accueilli par les vives acclamations de cette salle envahie, lorsque les
cris du dehors avaient déjà pénétré dans l'enceinte, annonçant son approche. Le prince
était venu dans un landau conduit en dau-
mont à quatre chevaux, et escorté d'un pe-
loton de cuirassiers, piqueurs en tête : il ar-

rive dans sa loge par les appartements du
Palais-Royal.

Un moment interrompu par l'accueil fait
au président, accueil auquel il a répondu
par des saluts réitérés, le spectacle a conti-
nué. Lorsque, à la quatrième scène du troisième acte, mademoiselle Rachel réapparaît,
l'attention du prince se porte visiblement
sur elle : la grande artiste s'est véritable-
ment surpassée dans tout le cours de cette représentation solennelle dont elle était l'âme.
Son organe, d'une si mâle gravité et d'une
vibration si pénétrante, a profondément re-
mué les spectateurs, et toute la salle a plusieurs fois éclaté en applaudissements pour
les magnifiques élans de l'énergique *Émilie*.
Beauvallet a eu sa bonne part de ce succès
dans le rôle d'*Auguste*, qu'il rend avec un
si habile mélange de courroux et de bonté;
et bon nombre des prétextes à allusions que
contient l'œuvre cornélienne ont été ac-
cueillis avec vivacité par un public qui, il y a
trois ans, n'accueillait pas moins vivement

les répliques qui font de *Cinna* une sorte
d'*olla podrida* politique où tous les partis
trouvent aisément leur compte !

Mais le fait nouveau de la soirée, c'étaient
les strophes que devait réciter mademoiselle
Rachel, strophes que M. Arsène Houssaye
avait éloquemment composées, en paraphra-
sant presque le fameux discours de Bordeaux,
ce qui était d'un goût parfait et d'une très-
fine flatterie.

Cinna terminé, la toile s'est promptement
relevée, et un tableau charmant s'est offert
aux regards des spectateurs. Tout le person-
nel, sociétaires et pensionnaires de la Comédie-Française, s'est trouvé rangé sur plusieurs
lignes formant guirlande : chaque artiste
avait choisi le costume de son rôle de prédilection. Toutes les actrices tenaient un bouquet de violettes à la main, et plusieurs d'entre elles, mademoiselle Élisa Denain entre
autres, en avaient orné leur coiffure. Les
hommes, d'une tenue plus sévère, figuraient
derrière cette guirlande de femmes et de

fleurs. Trois bannières aux couleurs nationales, et aux insignes de l'hôte impérial de la
Comédie, se dressaient au centre et aux extré-
mités du tableau. Alors, le rang s'est entr'ouvert, et mademoiselle Rachel est apparue.
Une sorte de frisson ému et curieux a signalé
l'apparition de cette toujours jeune et jolie
femme et de cette artiste illustre. Elle portait le simple et grave costume de ces filles
grecques que Phidias a profilées sur les par-
thénopées d'Athènes; une grande couronne
de laurier ceignait son buste en écharpe. Elle
tenait en main le rouleau où l'histoire bu-
rine ses vers. S'avançant vers la loge du chef
de l'État, elle le salua avec la grâce d'une
femme et avec la dignité d'une muse. Le prince
rendit le salut par une souriante flexion de
tête, et les vers tombèrent un à un, caden-
c's, de la lèvre émue d'*Émilie*.

Je dis émue, car mademoiselle Rachel, encore agitée par la passion qu'elle avait mise
à dire tout *Cinna*, et convalescente à peine,
comme on sait, révélait, moins par l'organe

que par le tremblement de la feuille que tenait sa main d'ivoire, la fébrile émotion qu'imprimait en elle ce moment solennel de la soirée. Elle lut et récita tour à tour, et avec l'admirable puissance d'interprétation qu'on devait attendre de son génie, ces strophes, dont les heureuses images ont fréquemment soulevé les applaudissements de la salle entière. La toile retombée sur cet acte et sur ce tableau, le public, par ses acclamations, a redemandé l'actrice et demandé l'auteur.

C'est M. Beauvallet qui, encore en son costume d'*Auguste*, est venu livrer aux applaudissements le nom de M. Arsène Houssaye.

Quelques instants après, le prince-président a envoyé M. le directeur de la Comédie féliciter et remercier en son nom l'illustre artiste. M. Feuillet de Conches, en qualité de maître des cérémonies, venait de partager avec M. Houssaye toutes les préoccupations de cette soirée solennelle, avait déjà pu ex-

primer à mademoiselle Rachel toute la satis-
faction du chef de l'État.

On a, enfin, terminé le spectacle par *Il ne
faut jurer de rien,* proverbe en trois actes de
M. de Musset, joué avec une verve entraînante
par Provost et Brindeau, et avec toutes sortes
de grâce espiègle et de naïveté charmante par
mademoiselle Théric, dont la beauté attirait
toutes les lorgnettes. Got, si excellent comique et si profondément naturel dans le per-
sonnage de l'abbé parasite, a trouvé, comme
toujours, le moyen de faire rire par de simples mots, de simples gestes. Les entr'actes
ont été remplis par des airs de circonstance
arrangés et dirigés par M. J. Offenbach.

Le président s'est retiré au commencement
du troisième acte. Les mêmes acclamations
l'attendaient à sa sortie, et les cris de *Vive
l'Empereur!* ont éclaté de toute la haie for-
mée dans la rue. Le prince, qui paraissait
enchanté de sa soirée, est reparti pour Saint-
Cloud. Le spectacle a fini comme il avait
commencé, sur le bruit des portes ouvertes

et fermées. Lorsque la toile s'est baissée sur la fin, il n'y avait plus guère que le tiers des spectateurs. Cette soirée laissera son impression spéciale. Quant à la salle des Français, elle en a pour huit jours à rester toute parfumée des émanations de ces violettes venues là en si grand nombre prouver... la courtisanerie des fleurs!

JULES LECOMTE.

LA PRESSE

Nous éprouvâmes, il y a deux ans, devant le *Jugement dernier*, et sous la voûte de la Sixtine, une impression pareille à celle que *Cinna* ou la *Clémence d'Auguste* nous a causée hier. La fresque s'effaça pour ne nous laisser voir que le peintre, comme la tragédie s'est évanouie derrière le poëte. Le Christ vengeur sur sa nue, les anges sonnant du clairon, les chœurs des élus, les groupes des damnés, les prophètes et les sibylles de la

voûte ne nous parurent que les lettres d'un
alphabet qui exprimaient la pensée de Michel-Ange et chantaient l'hosannah de son
génie en strophes fulgurantes. Le sens même
de la scène exprimée n'était que subsidiaire,
et nous comprenions que l'artiste eût révélé
également sa puissance dans un tout autre
sujet. Son vrai thème était, comme la tragédie de Werner, la *Consécration de la force*.

Dans *Cinna*, le principal effet physique
est un arrangement de fauteuil :

Prends un siége, Cinna ; prends, et sur toute chose,
Observe exactement la loi que je t'impose.

Tout se passe dans une sphère abstraite de
raisonnements et de discours, où le poëte
arrive aux plus hauts sommets que l'élo-
quence humaine puisse atteindre. Quel langage sobre, mâle, robuste, carré, ample, puis-
samment familier quand il le faut, comme
un roi qui sourit ou comme un lion qui
joue !

Avouons-le, à certains moments, et ce n'est pas un de ses moindres charmes, Corneille se permet des gongorismes énormes, des concetti colossaux et se donne des grâces de Titan. Il en est de même de Michel-Ange, qui fait le beau comme Prométhée sur le Caucase, lorsque les nymphes de la mer viennent le visiter, et soulève sur le coude en faisant serpenter la ligne de son torse ; sublime maniérisme, gigantesque coquetterie, gaieté du génie ivre de force !

On croirait peut-être que ces deux athlètes invaincus, que ces dieux de la pensée humaine, si virils, si farouches, si violents avec leurs perpétuels lacis de nerfs, leurs musculatures solides comme le marbre ou l'airain, ne peuvent rendre la beauté féminine ? Erreur. — Toutes les vierges de Raphaël ne s'envolent-elles pas comme les ombres devant la *Nuit* du tombeau des Médicis et l'*Ève* de la chapelle Sixtine, d'une grâce si haute et d'un attrait si irrésistiblement féminin ? Les *adorables furies* de Corneille :

Chimène, Émilie, Camille, mettent en fuite
le pâle troupeau des héroïnes de tragédie et
de poëme. Oh ! la grâce des forts, suprême
beauté de l'art, fusion qui semble impossible, de deux éléments divins ; peut-être Shak-
speare ne l'a-t-il pas possédée à ce point.

Beauvallet, avec sa voix de cuivre, a souf-
flé comme par un clairon de triomphe romain tous ces grands alexandrins sonores
qui semblent avoir vingt-quatre pieds tant
ils sont pleins, drus et d'un jet immense ;
mademoiselle Rachel, altière, superbe, et
toujours patricienne dans sa furie républi-
caine, avait ce froid dédain, ce calme mépris
qui ferait affronter mille morts à l'homme
le plus lâche ; elle a merveilleusement senti
et rendu le revirement de caractère à la dernière scène, lorsque sa fierté vaincue s'in-
cline agenouillée et souriante sous le pardon
d'Auguste, qui vient d'enterrer Octave, et de
prononcer le fameux :

Soyons amis, Cinna, c'est moi qui t'en convie.

Lorsque la toile s'est relevée, après un entr'acte assez court, l'on a vu toute la Comédie-Française groupée autour de mademoiselle Rachel, drapée en muse de l'histoire et coiffée de lauriers. Chaque acteur et chaque actrice, revêtus du costume caractéristique de leur emploi, portaient un gros bouquet de violettes.

Mademoiselle Rachel s'est avancée vers la rampe, a salué la loge du Prince-président, qui était arrivé au deuxième acte de *Cinna*, et a déclamé les belles strophes de M. Arsène Houssaye : L'*Empire, c'est la paix*, empreintes d'un large sentiment d'avenir et d'un lyrisme élevé. Les vers de M. le Directeur de la Comédie-Française ont été fort applaudis.

Le spectacle s'est terminé par la charmante comédie de M. Alfred de Musset, où mademoiselle Théric a joué avec beaucoup de beauté, de candeur et de grâce le rôle de Cécile.

THÉOPHILE GAUTIER.

LES DÉBATS

Nous raconterons, s'il vous plaît, très-
simplement, et sans rien inventer, la mé-
morable soirée, les divers incidents et les
diverses émotions de la représentation de
Cinna, joué vendredi passé sur le Théâtre-
Français.

De toutes les œuvres politiques du grand
Corneille (et Dieu sait que nous ne cher-
chons pas la politique), on peut affirmer
que *Cinna* est resté, de nos jours, la tragé-

die, à coup sûr, la plus vivante de toutes
les œuvres du grand Corneille. Elle touche
à des idées, à des opinions et même à des
crimes qui, depuis tant et tant d'années où
tant et tant de révolutions se sont accomplies,
ont été la préoccupation ardente des gou-
vernants non moins que des gouvernés. Encore aujourd'hui ce débat de la République
et de l'Empire, de la puissance d'un seul et
de la liberté de tous, ce débat indiqué par
Sénèque, accepté par Montaigne, illustré
par Corneille, est resté la grande préoccupation du temps présent, et peut-être la lutte
intime de l'avenir. Certes, ce n'était pas
pour écouter la tragédie de Corneille que la
foule se pressait avant-hier aux portes en-
vahies du Théâtre-Français, ce n'était pas
pour entendre les imprécations d'Émilie et
le repentir de Cinna : une autre passion, un
autre enthousiasme, un autre spectacle
avaient rempli la salle éclairée et parée à la
façon d'une salle du trône.....

..... Avant-hier l'auditoire, évidemment,

n'appartenait pas à la belle Émilie; il n'appartenait pas à *Cinna*, tout au plus (par intervalle) à l'empereur Auguste. Des transes d'Émilie et des remords de son amant, de la douleur de Maxime et des longues hésitations d'Auguste, bien peu de mortels se sont inquiétés vendredi passé. — « Rome n'était plus dans Rome ! » Or c'est là qu'il faut qu'elle soit absolument, si l'on veut s'y intéresser et s'y plaire ! — Enfin le combat a fini, comme celui du Cid, *faute de combattants ! — Vado ad ducem sine exercitu*, disait Jules César.

La pièce finie, on a frappé trois coups du théâtre, et l'ouverture a commencé : « Partant pour la Syrie ! » arrangé par le chef d'orchestre du Théâtre-Français. Bientôt la toile s'est levée, et dans l'*atrium* d'un vaste palais — nous avons vu, arrangées en espalier, toutes les célébrités et toutes les beautés du Théâtre-Français. *Musa, mihi causas memora* — « Muse, rappelle à mon âme ravie le spectacle charmant de ces printemps

8

en fleur et même de ces automnes fleuris
comme des printemps. » Dans une ombre
favorable et propice, entre deux hérauts du
moyen âge portant l'oriflamme aux trois
couleurs, se cachait la livrée et se cachait
le mâle héroïsme du Théâtre-Français. Régnier dans la bure, et Geffroy dans la pourpre, Provost sous le manteau du raisonneur,
Samson dans la souquenille des valets de
Molière, et Got, l'ami des jeunes fous de la
comédie, et les autres, les hommes, *la vile
populace* des porteurs de chlamyde et des
porteurs de pourpoints enrubanés ! — Sur
le devant du théâtre, à la belle place, et de
façon à ne pas laisser d'intervalle d'une
beauté à une autre beauté, il y avait d'abord
un groupe en belles robes de blanc satin, en
robes de la cour de Charles-Quint et de la
cour des Valois ; ces trois dames, ces trois
grâces, mademoiselle Augustine Brohan,
mademoiselle Théric, et, digne pendant de
son élégante sœur, Madeleine Brohan, la
belle et la charmante ! — Ces trois jeunesses

se tenaient comme on dit que la reconnaissance tient au bienfait. — On voyait à
droite et à gauche du groupe principal les
deux petites-filles de Molière, mademoiselle
Savary et mademoiselle Marie Dupont, les
deux intimes, — tel était le centre heureux
et souriant de ce véritable Décaméron français ! Quel peintre habile avait arrangé, dans
ce cadre harmonieux, ces Muses charmantes? Quel Albane et quel Véronèse avaient
disposé ces riantes images de la beauté pas-
sagère? Il ne manquait à ce frais tableau
que les jardins, les rayons, les ombres, les
eaux scintillantes, et l'ombre à midi, et l'é-
toile au ciel calme et serein ! Autour du
groupe principal s'étaient arrangées, le dia-
mant à la tête et la violette à la main, les
nymphes et les déesses de Molière, les dryas-
des et les hamadryades de Marivaux, les Li-
settes de Regnard, les Florines de Dancourt ;
toute la gentilezza comique, et c'étaient des
sourires, et c'étaient des regards! mademoiselle Nathalie, Nathalie aux yeux d'escar-

boucles, était brillante en son costume
emprunté à l'ancien Versailles; mademoiselle Denain portait fièrement sur sa tête
odorante pour cent mille francs de violettes
de Parme; mademoiselle Fix, ingénue et
calme, réservée et modeste, s'effaçait pour
laisser passer mademoiselle Noblet et madame Moreau-Sainti; mademoiselle Rim-
blot, — Cléopâtre à vingt ans, — domi-
nait tout l'entourage de la fleur éclatante
de sa fière beauté. — Mademoiselle Rébecca,
recueillie en sa grâce un peu triste, se mon-
trait sous les habits de la Catarina, un des
rêves poétiques de M. Victor Hugo.....

..... Quand chacun de ces messieurs et
quand chacune de ces dames eut pris sa
place, est arrivée enfin, vêtue de blanc et pareille à la Muse au sommet de l'Hélicon un
jour d'été, mademoiselle Rachel! — Mademoiselle Rachel elle-même, éloquente, inspirée et l'œil en feu! Elle a salué, non
pas comme une muse, elle a salué comme
Apollon lui-même! Elle avait pour toute pa-

rure une guirlande de chêne qui lui servait
de ceinture. Alors elle a élevé la voix et elle
est entrée hardiment dans cette espèce d'é-
loquence qui est un peu au delà de l'élo-
quence. *Grandiloquentia*, disait Bossuet :

> Je suis la Muse de l'histoire,
> Mon livre est de marbre ou d'airain ;
> Quand vient l'heure de la victoire,
> Je prends mon stylet souverain.

La Muse de l'histoire se trompe ici, ce me
semble. Elle n'écrit pas seulement la victoire, elle écrit aussi la défaite, et c'est
pourquoi elle est l'histoire, et c'est le point
d'où lui vient cette force dont elle est fière
à bon droit. Corneille était-il donc tout à
l'heure uniquement du côté de la victoire ?
Il était du côté d'Auguste, il était aussi du
côté de César !

Mademoiselle Rachel a repris avec le même
enthousiasme :

> Phidias, l'autre Prométhée,

Qui des hommes a fait des dieux,
En son Parthénon m'a sculptée
Pieds sur terre et front dans les cieux.

. . . .

Mademoiselle Rachel a très-bien dit tout ce poëme, elle l'a dit avec enthousiasme, avec joie, avec orgueil ! Seulement, arrivée à ce passage où il est parlé des anciens désordres, des malheurs récents, des chansons de la rue et des colères du carrefour, mademoiselle Rachel a hésité :

Les Muses, qu'effrayaient tant de cris inhumains,
Vers les cieux, en pleurant, remontaient désolées ;
Muses, revenez-nous, calmes et consolées,
Sous les arcs de triomphe élevés par nos mains !

. . . .

JULES JANIN.

LE CONSTITUTIONNEL

Le Théâtre-Français a eu vendredi sa grande soirée. *Cinna*, des strophes écrites pour la solennité, et la comédie charmante d'Alfred de Musset, *Il ne faut jurer de rien*, composaient le spectacle.

Nous avons rarement vu une pareille réunion dans la vaste enceinte, et tel était l'air de fête, tel l'éclat des toilettes et le feu des lustres, qu'on se serait cru au bal autant qu'au spectacle.

Cependant le grand Corneille s'est bien vite emparé de l'attention; et celui en l'honneur duquel la représentation avait lieu semblait prendre un si vif intérêt au chef-d'œuvre, que, chacun l'imitant par entraînement ou convenance, *Cinna* a été écouté tout au long dans un recueillement rempli d'émotion.

Jamais la voix de Corneille n'est plus haute et plus fière qu'en ces solennités; sa poésie souveraine s'adresse bien aux auditoires illustres; son génie fait volontiers la leçon aux princes. On sent que la tragédie fourmillait d'allusions; le choix même de la pièce en était une; quand est venue la scène de la clémence d'Auguste, c'est de la loge présidentielle que le signal des applaudissements est parti.

Dans le rôle d'Émilie, dont l'attitude et la mâle énergie conviennent si bien à sa beauté un peu sombre et à sa diction pénétrante, mademoiselle Rachel est toujours fort belle; elle n'a pas besoin de grands éclats ni d'efforts; il lui suffit de paraître : tout à la fois attendrie et vengeresse comme elle l'est ; Romaine autant et plus qu'amante ; sublime rien que par le feu de son noir regard, le pli charmant et terrible de sa lèvre, cette grâce vraiment antique et sculpturale de toute sa personne, la suprême simplicité du geste, et l'irrésistible accent. Dans Émilie, la tragédienne se repose des imprécations de Camille, des fureurs d'Hermione, des passions monstrueuses et inassouvies de Phèdre ; et son calme est une autre merveille. On dit que mademoiselle Rachel a une grande prédilection pour Émilie ; prédilection très-naturelle, car le rôle, outre qu'il ne la fatigue point, la montre plus qu'aucun autre peut-être dans son élégance et dans sa force. Qu'elle se laisse seulement voir, qu'elle lassie tomber de sa bouche sonore la poésie d'airain... nous sommes tous subjugués comme Cinna.

AUGUSTE LIREUX.

9

LE PAYS

La Comédie-Française donnait, vendredi
soir, en présence de S. A. I. le prince Louis-
Napoléon, une représentation solennelle.
Vous savez déjà les brillantes décorations
du théâtre, la fraîche parure de la salle, le
foyer transformé en galerie de peinture, et
surtout l'éclat enthousiaste de l'accueil. Il y
avait beaucoup de reconnaissance dans cette
ovation. On saluait, dans la visite du prince
à la maison de Molière une noble manifes-

tation de sympathie et de bienveillance donnée à la littérature; on le remerciait de l'a-
venir qu'il a ouvert à l'art en promettant la
paix au monde. On voulait, enfin, associer
les lettres, par une fête littéraire, à ce cortége de triomphe qui, d'un bout de la France
à l'autre, vient de frayer et de découvrir, en
se déroulant, la venue du nouvel Empire.

La représentation a commencé par *Cinna*,
auquel nous reviendrons tout à l'heure; et
vous comprenez sans doute l'émouvant pres-
tige que la tragédie impériale de Corneille
empruntait à la présence du futur empereur.
Après *Cinna*, le rideau, relevé, a montré la
Comédie-Française groupée en costume de
scène autour de mademoiselle Rachel; les
femmes, étincelantes de diamants, parées
de leurs plus merveilleuses toilettes, étaient
rangées en demi-cercle au premier rang. C'é-
tait un charmant coup d'œil que celui de
cette guirlande entrelacée de jeunes et gracieux visages qui venait se rattacher à la
beauté de mademoiselle Rachel comme à un

camée antique : vous auriez dit un Décaméron présidé par une Muse.

Mademoiselle Rachel a récité les stances de M. Arsène Houssaye avec une pureté et une gravité de diction pénétrantes. Vous avez lu ces beaux vers ; ils s'inspirent de l'esprit, souvent du texte même de cet admirable discours de Bordeaux, dont toutes les phrases, frappées au coin de médaille d'un style historique, circulent par la France comme les mots d'ordre de son avenir. Cet écho d'une si grande parole a porté bonheur à la poésie de M. Houssaye ; elle a semblé digne du prince auquel elle s'adressait, de la solennité et de l'auditoire. Les acclamations redoublées du public ont reporté à Louis-Napoléon les hommages et les sentiments qu'elle exprime. Elles accompagnaient comme un chœur chacune des strophes de l'ode impériale.

L'œuvre tragique de Corneille ne vous apparaît-elle pas dans sa masse comme un vaste horizon romain du temps des empereurs ?

Là, ce sont des cirques oratoires où com-
battent des arguments athlétiques qui se ra-
massent sur eux-mêmes, se tordent et se re-
ploient en postures énergiques, en raccourcis
superbes, et luttent corps à corps de nerfs,
de muscles et d'attitudes. Ici, c'est un camp
où résonnent des trophées d'honneur, où
flottent des étendards de chevalerie, d'où
sortent des légions de mouvements héroï-
ques et d'élans sublimes. Par moments éclate
une tirade rauque et martiale qui retentit à
l'oreille comme la fanfare d'un clairon de
fer. Ailleurs, c'est un forum où des discours
sénatoriaux et des imprécations pathétiques
se disputent la tribune aux harangues. Des
sentences à barbe blanche et à front chauve
pérorent sur les marches d'un portique; des
passions chastes et fières passent rigidement
drapées dans la tunique à plis droits des
vestales; une tirade de vers pompeux et sonores défile à grand bruit et mène au Capi-
tole une pensée héroïque ceinte de lauriers
et debout sur un char de triomphe traîné

par un quadrige d'alexandrins; souvent même des métaphores bizarres surchargées de mauvais goût oriental, apparaissent juchées sur des éléphants d'emphase.

Parfois, une confusion piquante d'anachronismes et de dissonances envahit cette Rome idéale. Une bonhomie gauloise traverse bourgeoisement sa foule grandiose, s'embarrasse dans les plis de sa toge laticlave, et tombe par terre du haut de sa gravité d'emprunt. Souvent encore des galanteries et des rodomontades espagnoles empanachées et attifées à la mode de Castille jouent de la guitare sous les fenêtres du palatin, ou croisent leurs rapières avec le glaive des licteurs. Mais bientôt les contours extérieurs s'effacent, les localités s'évanouissent, les rudesses et les âpretés disparaissent, l'action quitte terre, monte d'un grand coup d'aile vers les idées abstraites; elle y plane, elle s'y déploie, elle y nage dans une région de style sublimement incolore, majestueusement grise, de ce gris

d'éther où volent les aigles et les condors de
la pensée.

PAUL DE SAINT-VICTOR.

LE THÉATRE

La Comédie-Française eut ses plus beaux
jours sous l'Empire; ces beaux jours re-
commencent; une fête vraiment souveraine
vient d'en signaler le retour, et déjà l'on peut
presque dire que l'éclat du passé s'efface
devant la splendeur d'un avenir ainsi inau-
guré.

On a joué *Cinna*, le chef-d'œuvre de ce
roi de nos poëtes, à qui, pour digne public
il ne faudrait, comme on l'a dit, qu'un par-

terre de rois. C'est mademoiselle Rachel qui
jouait Émilie, c'est Beauvallet qui jouait
Auguste. Corneille lui-même n'eût pas demandé mieux. Mademoiselle Rachel est bien,
en effet, la Romaine de ses rêves, et c'est
elle qu'il dut voir à l'horizon de son œuvre,
alors qu'il sculptait dans le marbre héroïque
la figure de cette implacable beauté. Beauvallet est un Romain de la même famille;
Corneille, le voyant, lui dirait : « Tu es à moi. »
Et lui-même il placerait sur son front austère
cette branche de laurier qui était alors la
couronne du monde.

Oui, Corneille voudrait que son Octave se
faisant Auguste ne parlât que par cette voix,
ne commandât que par ce geste ; comme il
aurait choisi mademoiselle Rachel pour être
son Émilie la plus chère, l'héroïne de sa mâle
affection, la fille privilégiée de son génie.

Être convié à applaudir deux talents que
Corneille eût voulu applaudir lui-même, c'est
une belle chose, c'est un beau spectacle.
Mais les magnificences de la soirée ne se sont

10

pas arrêtées là. Le rideau baissé sur la tragédie de Corneille s'est relevé sur l'ode de
M. Arsène Houssaye, qui, lui aussi, peut
parler, quand il veut, un langage souverain.
Pour peu qu'on en eût douté jusque-là, con-
naissant les gracieuses mollesses, les amou-
reuses langueurs de sa muse la plus familière,
on eût été cette fois tout à fait convaincu.
Le grand poëte, dont le dernier vers vibrait
encore dans les échos émus, n'eût pas parlé
en plus beaux vers. Jugez-en, et, tout en re-
grettant de ne les avoir pas entendus de la
bouche même de mademoiselle Rachel, dites-
vous que cette admirable diction n'en faisait
pas tout le prix, mais ne leur donnait qu'une
splendeur de plus.

Et, pendant que mademoiselle Rachel par-
lait ces beaux vers, et que la foule écoutait,
enthousiaste, frémissante, et pourtant recueillie, toute la comédie, toute cette élite,
à la tête de laquelle marchent Samson, Provost, Régnier, Beauvallet, Maubant, Maillart.
Got, Monrose, Leroux, Brindeau, etc.:

mesdames Augustine et Madeleine Brohan, Denain, Nathalie, Fix, Moreau-Sainti ; toute cette légion brillante qui porte art et succès sur sa bannière, faisait cercle, écoutant et frémissant comme nous. Les comédiens étaient sous les armes, dans le costume de leurs plus beaux triomphes ; les comédiennes étaient dans leurs plus riches et leurs plus élégants atours, rehaussés à chaque ceinture par un bouquet de ces charmantes violettes, qui furent la fleur du regret pour mademoiselle Mars, et qui redeviennent la fleur de l'espérance.

ÉDOUARD FOURNIER.

TABLEAU

formé

PAR LES ARTISTES DE LA COMÉDIE-FRANÇAISE

pendant que Mlle Rachel disait les strophes.

Auguste a pardonné; Emilie et Cinna embrassent les genoux de l'empereur, et la toile tombe. Cette fois, ce n'est pas le grand rideau rouge aux riches crépines qui vient jeter ses flots d'or et de pourpre devant la rampe, c'est le *Parnasse de Raphaël* qui se déroule lentement et majestueusement devant l'assemblée encore émue des grands vers de Corneille.

Mesdames et messieurs, faites silence! Les
trois coups du théâtre se sont déjà fait entendre, et la vision classique est remontée
dans les airs. Une autre vision plus splendide
encore, toute jeune, toute vivante, était là
sous nos yeux.

Nous l'avons saluée, nous tous qui, avec
les grands souvenirs, aimons les vertes images de la jeunesse, la séve en fleur de la vie.
Toute la Comédie-Française était sous les
armes, drapée, musquée, poudrée, enruba-
née: — satin de toutes couleurs, gens d'esprit de tous les âges, et beautés pour tous
les goûts. En avant, vêtue de ses draperies
blanches, une branche d'olivier à la ceinture,
mademoiselle Rachel — la Muse antique de
l'histoire, — trônait immobile sur le piédestal
de sa gloire et de sa fierté. Chantez l'avenir,
ô Muse souveraine, chantez encore pour la
patrie française un hymne d'espérance et
d'orgueil! Quelle fête pour nos yeux! Tout
autour d'elle souriaient tant de bouches ver-
meilles et pétillaient tant de beaux yeux

malins ! Vous voilà donc réunis, personna-
ges-conçus par Corneille, par Racine, par
Molière, par Regnard, et vous aussi, enfants
nouveaux du génie dramatique de la France !
avec quelles grâces et quelle parfaite harmo-
nie vous formez le cortége ensemble !

Bonjour, *Scapin*-Régnier, que dis-tu de
ce spectacle? Tu ne t'es jamais vu à pareille
fête, n'est-ce pas? Ne va pas nous la trou-
b!er par une escapade; ton maître a pris,
pour le moment, le costume et la figure de
Xipharès ; son ami est devenu le *Valère* de
l'*École des maris ;* je ne vois pas Géronte ;
et, des deux jeunes femmes à l'amour des-
quelles tu t'intéressais avec tant d'esprit et
d'audace, l'une est aujourd'hui mademoiselle
Cécile, une enfant de madame Ancelot, et
l'autre, l'*Égyptienne* — la voilà plus loin qui
représente *Marinette*. Et *Gros-Réné*, où se
cache-t-il? sous la houppelande de *La Flèche*.

Encore une grande livrée; c'est Samson,
c'est *Mascarille*. — Et celle-ci? Monrose
en *Cliton*.

Lisette, dans son coin, pleure son *Crispin*, qu'elle croit mort et qui, devenu valet d'Harpagon, fait le fier, et regarde en ricanant madame Thénard, je me trompe, — madame *Abraham* de l'*École des Bourgeois*. Elle est si risible aussi, la bonne femme, avec ses prétentions à la noblesse! Elle a eu, vous le savez, deux filles à marier. Le *marquis de Moncade*, cet aimable vaurien du bel air qui ressemble tant à Leroux et que voici là-bas, tout près d'*Oronte*, s'est moqué galamment de la première, de mademoiselle Abraham; et, quant à la seconde, — *Emma Durand de Sainte-Ursule*, présentement *Abigaïl* du *Verre d'eau*, toujours souriante, toujours aimable, Monrose aurait bien voulu en faire madame *Salmon*. Quelle mésalliance! La pauvre enfant est pourtant devenue marquise à la fin de la pièce; mais elle n'a pas de chance, vraiment! son mari, le *marquis d'Elmas*, a revêtu la toge, et, le menton rasé, conspirait tout à l'heure sous le nom de *Maxime*, en compagnie de l'excellent *cousin Pierre*, transfiguré en *Cinna*.

Ne pleurez pas, mon enfant; vous n'êtes pas la seule de vos amies dont les amants sont aujourd'hui méconnaissables. *Charles-Quint* a pris la mine de *Sextus*, et vous pensez bien qu'il ne songe guère, en ce rôle, à offrir sa main et sa couronne à Madeleine Brohan, qui a quitté sa robe de *Marguerite de Navarre*, et qui sourit avec la grâce de *Célimène*. Sa bonne amie *Arsinoé* n'a pas le moins du monde l'air de songer à M. *Stamply*, devenu le *Didier* de *Marion de Lorme*, pendant que le vrai Didier de la Comédie se cache sous l'habit de velours du traître Glocester.

Voilà, si je ne me trompe, *mademoiselle de Prie*. Vous portez-vous bien, mademoiselle? Nous vous regrettons depuis bien longtemps; revenez vite nous jouer le *Mariage de Figaro* et entendre nos applaudissements. *Philaminte*, salut! je vous salue, *Marie*, pleine de grâce. Vous êtes mademoiselle Denain, que je crois? que faites-vous donc de votre mère si dévote, l'amie de *M. Mathieu?* Je ne la vois pas ; mais, si fait — ma foi ! c'est l'*Hermia* des *Caprices de Marianne ;* et M. *Mathieu*, qui rédigeait si bien ses circulaires de sacristie, se prépare à jouer les oncles complaisants du *Gymnase*, qu'il déteste. Ah ! monsieur Provost, vous perdez là le paradis qui vous attendait, je vous en avertis. Il faut dire aussi que votre neveu *Valentin* réalise l'idéal d'Alfred de Musset.

Qu'est-ce que pense de tout cela votre majesté impériale, monsieur Beauvallet ? Vous repentirez-vous d'avoir si tôt pardonné à *Cinna*, et regrettez-vous de voir le lieu qui vous servait de palais tout à l'heure envahi tout à coup par les grâces, les amours, et toutes les déesses du théâtre ? Laissez-vous donc séduire, ô César, par cet harmonieux pêle-mêle de beaux cheveux et de beaux yeux, et ne restez pas là, grave et sévère. C'est le rôle d'*Alceste* de n'être jamais content de rien. Aussi voyez comme Geffroy a l'air désolé d'être en si folle compagnie.

Moi, il n'en fallait pas tant pour m'enchanter. Me voilà qui sens mon cœur flamber dans ma poitrine, et, si je garde dans ma main mon bouquet, deux choses m'empêchent de le jeter sur la scène : la solennité de la cérémonie et l'embarras du choix. Oui, l'embarras du choix ! — car enfin, si *Bélise* est pour moi trop savante, et *Fulvie* trop habituée à suivre les gens, j'aimerais à consoler et à réchauffer cette pauvre *Andromaque*, — statue de marbre, glacée par la douleur; j'aimerais à faire un péché et à me compromettre avec l'*Inquisition* en compagnie de *dona Florinde;* j'aimerais à causer un peu avec madame Allan, qui nous a révélé le *Caprice* et qui est là toute prête à jouer, quand on voudra, le rôle de *madame de Léris.* Je ne vous oublie pas, mademoiselle Théric', j'en serais bien fâché; mais vous allez jouer tout à l'heure, et, grâce à votre naïve malignité, nous apprendrons pourquoi *il ne faut* jamais *jurer de rien.*

Je n'aurais pu retracer le tableau que j'achève ici, si je n'en avais pas eu les couleurs toutes prêtes. Mais j'ai trouvé aux archives du Théâtre-Français les renseignements les plus précis et les plus curieux. J'en ai tiré parti comme je le pouvais Au surplus, je crois intéressant d'imprimer en note la liste authentique des *costumes de l'emploi* que les divers acteurs avaient revêtus. La voici, d'après l'ordre des sociétaires et les dates de réception. C'est une pièce importante de l'histoire de cette soirée vraiment magnifique. Avec de l'imagination, on pourra faire revivre soi-même sous ses yeux le spectacle charmant que nous avons eu sous les nôtres.

SAMSON.	Mascarille de l'*Étourdi*.
BEAUVALLET.	Auguste de *Cinna*.
GEFFROY.	Alceste du *Misanthrope*.
PROVOST.	Van Burk ⎱ de *Il ne faut jurer*
BRINDEAU.	Valentin. ⎰ *de rien*.
RÉGNIER.	Scapin.
LEROUX.	Le marquis de Moncade.
MAILLART.	Didier de *Marion Delorme*.
GOT.	La Flèche de l'*Avare*.
DELAUNAY.	Valère de l'*École des Maris*.
MAUBANT.	Rôle de Cinna.
MONROSE.	Cliton du *Menteur*.
MIRECOUR.	Oronte du *Misanthrope*.
FONTA.	Euphorbe de *Cinna*.
CHÉRY.	Maxime de *Cinna*.
BALLANDE.	Rôle de Sextus.
ANSELME BERT.	Chrysale des *Femmes savantes*.

Guichard.	Xipharès de *Mithridate*.
Didier	Glocester des *Enfants d'É-douard*.
Deloris.	Cléante de *Tartufe*.
Mlle Noblet.	Philaminthe des *Femmes savantes*.
Mlle Augustine Brohan.	Mme de Prie dans *Mademoiselle de Belle-Isle*.
Mlle Denain.	Philaminte.
Mlle Rébecca.	Dona Florinde de *Don Juan d'Autriche*.
Mlle Nathalie.	Arsinoé du *Misanthrope*.
Mlle Madeleine Brohan.	Célimène.
Mme Thénard.	Mme Abraham de *l'École des Bourgeois*.
Mme Mirecour.	Fulvie de *Cinna*.
Mme Rimblot.	Andromaque.
Mlle Bonval.	Marinette du *Dépit amoureux*.
Mme Allan	Mme de Léris du *Caprice*.
Mlle Fix.	Abigaïl du *Verre d'Eau*.
Mme Moreau-Sainti.	Hermia des *Caprices de Marianne*.
Mlle Théric.	Isabelle des *Contes de la Reine*.
Mlle Marquet.	Lucile du *Bourgeois gentilhomme*.
Mlle Biron.	Lisette du *Légataire*.
Mlle Savary.	Cécile des *Trois Epoques*.
Mlle Marie Dupont.	Angélique de *l'Épreuve*.
Mlle Favart.	Eléonore des *Contes de la Reine*.
Mlle Jouassain.	Bélise des *Femmes savantes*.

Mlle Judith et Mlle Saint - Hilaire, toutes les deux empêchées, manquaient à ce gracieux tableau.

PAUL D'AMBLY.

Extrait de l'Artiste.

Nous n'irons pas plus loin dans cette chronique. Pour recueillir tout ce que les journaux français et étrangers ont dit de la soirée, il eût fallu non pas un in-52, mais un in-folio. Nous avons voulu seulement donner la physionomie de cette fête historique.

E. D.

LISTE

DES

PERSONNAGES, GENS DU MONDE

ET ARTISTES

QUI ASSISTAIENT A CETTE REPRÉSENTATION

Quand on s'est occupé des cérémonies données par la Comédie Française en diverses solennités pareilles à celle-ci, on a cru qu'il fallait, avec le récit de la soirée elle-même, conserver les noms des spectateurs les plus considérables. On se conforme ici à ces traditions. Voici donc les noms des personnes de distinction que leur naissance, leur fortune, leurs emplois ou leurs talents recommandent au souvenir de la Comédie-Française.

La princesse MATHILDE,
La princesse MURAT.

La baronne de CHASSIRON, née princesse MURAT,

La comtesse DE MONTIJO et mademoiselle DE MONTIJO,

La comtesse ROGUET,

La comtesse DE GOYON,

La comtesse DE MONTEBELLO,

Madame DE LOURMEL,

La baronne DE BÉVILLE,

Madame FAVÉ,

La baronne DE MENEVAL,

La baronne DE BERKHEIM,

Madame DE CAMBRIELS,

Madame et mademoiselle MOCQUARD.

Madame LE FEVRE-DEUMIER,

La baronne DE PIERRES,

Madame et mademoiselle FEUILLET DE CONCHES,

Madame et mademoiselle PEUPIN.

La princesse CAMPOREALE,

La comtesse SOMAYLOFF,

La comtesse MANARA,

La vicomtesse DE ROUGÉ,

Madame MOUZINKO DE SILVEIRA, née DE MÉNEVAL,

Madame DROUIN DE L'HUYS,

La comtesse DE PERSIGNY, née princesse DE LA MOSKOWA.

Madame BAROCHE,

Madame FORTOUL,

Madame Charles ABBATUCCI (femme du fils du ministre),

Madame FOULD,

Madame DE MAUPAS,

Madame MAGNE,

Madame DUCOS,

Madame BINEAU, .

Madame et mademoiselle DE SAINT-ARNAUD,

La princesse SOLOVOY,

La duchesse DE VICENCE,

La comtesse DE MONTESSUY,

La comtesse DE BRETEUIL (née Achille Fould),

Madame et mademoiselle Noémie DUMAS,

Madame Alexandre BRONGNIARD,

Madame et mesdemoiselles MAGNAN,

Madame LA TOUR DU MOULIN,

La comtesse DE BÉTHIZY,

La comtesse DE LÉOTAUD,

La vicomtesse DES MÉLOIZES,

Madame Arsène HOUSSAYE,

La comtesse DE FÉRAUDY,

La comtesse DE BEAUMONT,

La marquise DE CONTADES,

La marquise DE BOIS-THIERRY,

La comtesse DE GERVILLIERS,

La comtesse LE HON,

La marquise DE LAS MARISMAS,

Madame SCHIKLER,

Madame HOWARD,

La baronne DE LA PAGERIE,

Madame O'CONNELL,

La comtesse DE LOEWENHIELM,

Madame HELLER,

Madame HOGÉ.
Madame SEFELS.
La marquise DE FAUDOAS.
La comtesse KRONOSKA.

Le maréchal JÉROME.
Le prince NAPOLEON BONAPARTE.
Le prince MURAT,

M. FOULD, ministre d'État.
M. ABBATUCCI, ministre de la justice.
M. DROUYN DE L'HUYS, ministre des affaires étrangères.
M. LE ROY DE SAINT-ARNAUD, sénateur, ministre de la guerre.
M. DUCOS, ministre de la marine.
M. le comte DE PERSIGNY, ministre de l'intérieur, de l'agriculture et du commerce.
M. DE MAUPAS, ministre de la police générale.
M. MAGNE, ministre des travaux publics.
M. FORTOUL, ministre de l'instruction publique et des cultes.
M. BINEAU, sénateur, ministre des finances.
LA MAISON MILITAIRE DE S. A. I.,
LES VICE-PRÉSIDENTS DU SÉNAT,
LE PRÉSIDENT DU CORPS LÉGISLATIF,
LES PRINCIPAUX MEMBRES DU CONSEIL D'ÉTAT,

Le préfet de la Seine,

Le préfet de police,

M. Romieu, directeur des Beaux-Arts.

M. le comte de Nieuwerkerke, directeur des Musées.

M. La Tour du Moulin, directeur de l'Imprimerie et de la Librairie.

Les secrétaires généraux des différents ministères et des deux préfectures,

Les directeurs des grands établissements,

Les préfets, généraux, hauts fonctionnaires présents a Paris.

Le général comte Roguet, commandant de la maison militaire de Monseigneur,

Le général comte Vaudrey, aide de camp, gouverneur du palais,

Le général Canrobert, aide de camp,

Le général comte de Goyon, aide de camp,

Le général comte de Montebello, aide de camp,

Le général de Lourmel, aide de camp,

Le général Espinasse, aide de camp.

Le colonel baron de Béville, préfet du palais, aide de camp,

Le colonel comte Edgard Ney, aide de camp, capitaine des chasses, commandant la vénerie,

Le colonel Fleury, aide de camp, premier écuyer,

Le commandant comte Napoléon Lepic,

sous-gouverneur du palais et officier d'ordonnance,

Le commandant marquis DE TOULONGEON,
officier d'ordonnance, lieutenant des chasses.

Le commandant FAVÉ, officier d'ordonnance,

Le capitaine baron DE MÉNEVAL, officier
d'ordonnance,

Le capitaine MERLE, officier d'ordonnance,
sous-préfet du palais,

Le capitaine baron DE BERCKEIM, officier
d'ordonnance,

Le capitaine baron PETIT, officier d'ordonnance,

Le capitaine DE CAMBRIELS, officier d'ordonnance,

Le capitaine baron DE TASCHER DE LA PAGE-
RIE, officier d'ordonnance,

M. MOCQUARD, secrétaire particulier du
Prince,

M. ALBERT DE DALMAS, sous-chef du cabinet
de Monseigneur,

M. LEFEVRE-DEUMIER, bibliothécaire de
l'Élysée et des Tuileries,

Le baron DE PIERRES, second écuyer,

M. FEUILLET DE CONCHES, maître des cérémonies adjoint, remplaçant M. le comte Ba-
ciocchi, grand maître, absent,

M. BURE, intendant général,

M. MAIGNE, sous-intendant,

M. le docteur Conneau, médecin du Prince, directeur du bureau des secours,

M. Peupin, sous-directeur,

MM. les docteurs Andral, Jobert, de Lamballe, Baron, Larrey, Tenain et Delaroque, composant avec M. le docteur Conneau, le service de santé de Monseigneur.

M. le colonel Girard de Charbonnière, commandant du palais de l'Elysée,

M. le lieutenant Biadelli, adjoint au commandant militaire de l'Elysée,

M. le colonel Thierion, commandant du palais de Saint-Cloud.

Mais les invités officiels n'étaient pas les seuls personnages considérables de l'assemblée. Parmi les hommes politiques et les gens du monde, Il faut citer :

Le comte de Morny, le ministre du 2 décembre.

M. Rothschild,

Riza-Bey,

Lord Londonderry,

M. de Las Cases,

M. Léon de Berthier,

Le marquis de las Marismas.

M. de Woronzoff,

M. d'Audiffret,

Le prince Atzel,

Le comte de Turenne,

Le comte DE VALENCE,

Le baron D'ANDRÉ,

M. VALLEDEGHER,

M. HATZFELDT,

M. DE RAVIGNAN,

Le prince BIBESCO,

M. DE MORDANT,

M. VAN DUTHOORN,

M. DE CASTIGLIO,

M. DE ROCHEFONTAINE,

M. LÉOPOLD LE HON,

M. DE KAULA,

M. DE RUFFE,

M. DE HARDWICK,

M. DE TRYON,

M. le général LECHESNE,

M. DE LAPEYRIÈRE,

M. DE CHEPPE,

M. DELESSERT.

M. le comte KRONOSKY.

M. CHILLENBERGER,

Le prince TORLONIA,

Lord GRAY*,

M. MIRÈS.

M. JOHN MITCHELL,

M. DELAMARRE.

Le comte BATTHYANY,

Le duc DE VALENTINOIS,

Le docteur VÉRON,

* Lord Gray a payé sa stalle 450 francs.

L. D.

Le comte de Loevenhielm,
M. Ernest Baroche,
M. Léon Lambert,
Le comte Gilbert de Voisins,
M. Bataille,
M. H. Didier.
Le prince de Schomburg,
Le docteur Cabarus,
Le docteur Velpeau,
Le docteur Phillips,

Il ne faut pas oublier non plus ceux qui, en venant assister à une des fêtes de la Comédie-Française, se trouvaient, pour ainsi dire, chez eux, nous voulons dire les écrivains et les artistes, — peintres ou musiciens, qui étaient représentés par :

M. Alfred de Musset.
M. Emile de Girardin,
M. Eugène Delacroix.
M. Léon Gozlan.
M. Halévy.
M. Théophile Gautier,
M. Jules Janin,
M. Jules Lecomte,
M. Francis Ponsard,
M. Emile Augier,
M. Paul de Saint-Victor,
M. Auguste Lireux,
M. Hippolyte Rolle,

M. Arthur de La Guéronnière,

M. Adolphe Dennery,

M. Eugène Guinot.

M. Nestor Roqueplan,

M. Edouard Foussier.

M. Adolphe Dumas,

M. Edouard Fournier,

M. Edouard Houssaye,

M. Alphonse de Calonne,

M. Auber,

M. Louis de Cormenin,

M. Léon Guillard,

M. Alphonse Royer,

M. Gustave Vaez,

M. Jules de Prémaray,

M. Pommereux.

M. Emile Laugier.

M. Ancelot.

M. Méry.

M. Gérard de Nerval.

M. Amédée Achard.

M. Paul d'Ambly,

M. Félicien Mallefille,

M. Jules Sandeau,

M. Meissonnier,

M. Besson,

M. Jacques Herz,

M. Ferdinand Hiller,

M. Laurent (du *Pays*).

M. Isabey,

M. Edmond Texier,

M. Camille Roqueplan,
M. Couture,
M. Emile Perrin,
M. Félicien David,
M. Jacques Offenbach.

Et enfin, pour bien clore la liste (j'en passe, et des meilleurs), il faut citer le nom glorieux de Pierre Corneille, cet arriére petit-fils de l'illustre poëte qui a signé *Cinna*. Il avait voulu tout à la fois applaudir à celui qui lui a légué son nom et à celui qui lui a donné une pension pour le porter dignement. Tout le monde sait que le prince Louis-Napoléon a tiré de la misére le descendant de Pierre Corneille.

———

Le lendemain de cette solennité, Son Altesse Impériale envoyait à M. Arsène Houssaye son chiffre en diamants, et à mademoiselle Rachel un brace'et digne de serrer le bras de la reine de Golconde, deux souvenirs impérissables d'une soirée qui doit compter dans les fastes de la Comédie Française.

FIN.

www.ingramcontent.com/pod-product-compliance
Lightning Source LLC
Chambersburg PA
CBHW060436260626
47161CB00005B/1944